나무가
쓰러지는 소리는
너무나 작았다

경명여자중학교 학생 생태 시집

# 프롤로그

　봄비가 내리던 5월, 수품책 연수에서 대구과학고등학교 학생들이 쓴 『세상을 바꾸는 생태시 사진첩』을 접하게 되었습니다. 학생들이 쓴 시를 보며 오늘날 외면할 수 없는 생태 문제를 이야기하는 학생들의 마음에 감동했습니다. 지도교사가 학생들과 함께 진행한 생태시 쓰기 프로젝트 수업 이야기를 들으며 '우리의 삶과 관련된 생각을 펼칠 수 있어 참 좋겠다'는 생각과 '저런 의미 있는 프로젝트 수업을 하고 싶다'는 기대로부터 시작되었습니다.

　2학기 학습 진도 계획을 세우는 과정에서 교과서에 정현종 시인의 '들판이 적막하다'가 실린 것을 보고, 2학기에는 생태적 관점, 즉 생태계가 파괴된 현실에서 우리의 변화될 삶을 고민하면서 학생들 스스로 생태 문제를 인식하도록 설계했습니다. 자칫 교육 공백이 일어날 수 있는 학기말 시간을 조금이나마 학생들의 삶에 도움 되게 채우자는 마음으로 '우리의 미래를 지키는 생태시 쓰기 프로젝트'를 진행했습니다.

　학기 말 휴식을 기대하던 학생들에게 시를 쓰자고 하니 아우성이 들릴 수밖에 없었지만, 막상 모둠을 이루고 친구들과 이야기 나눌 생태 시 활동지를 받아 곰곰이 생각하는 모습에서 '생태시도 잘 쓰겠구나' 하는 안도감이 들었습니다. 학생들은 시를 쓰는 과정에서 집을 잃은 북극곰이 되어보기도 하고, 쓰레기로 가득 찬 바다가 되어보기도 하며 오늘날을 성찰하는 과정을 거쳤습니다. 이상 기후, 각종 오염 문제와 동식물의 멸종까지 다양한 생태 문제들 속에서 어떻게 하면 사람들에게 조금 더 경각심을 일깨울 수 있을지, 어떻게 아름다운 자연의 모습을 그릴 수 있을지 고민하던 우리 학생들의 생각을 오롯이 담았습니다.

이 책의 1부에서는 인간으로 인해 파괴된 자연의 울음과 우리에게 보내는 외침, 2부에서는 자연의 변화로 인한 우리의 깨달음과 후회, 3부에서는 우리가 되돌려야 하는 자연의 모습이 담겨 있습니다. 우리 학생들이 생태를 생각하며 쓴 시가 선한 영향력이 되어 우리 학생들이 살아갈 미래에 조금이나마 도움이 되기를 바랍니다.

지도교사 추미은

# 차례

프롤로그

## 1부 자연의 울음과 외침

## 2부 우리의 깨달음과 후회

## 3부 자연과 우리의 바람

## 에필로그

# 1부 자연의 울음과 외침

# 나무가 쓰러지는 소리는 너무나 작았다

이송하

내 형제자매들
얼키설키 자라던 우리들

내 시리도록 여기에
우리가 돌아오기만을 기다립니다

언젠가
녹음된 녹음만이
우리들로 남지 않길

언젠가
아무도 없는 숲에서 나무가 쓰러져도
소리가 나길

# 침묵

길었던 여름,
푸르름은 이제 없다
매서운 바람은
말없이 우리를 스쳐 가며
이름도 없이 흔적을 남긴다

새들의 노래는 멀어지고,
나무들은 눈물을 삼킨다

우리는 아무 말 없이 흔적을 남기고,
그들은 그 잔재를 고이 간직할 뿐

귀를 막던 손을 뗐을 땐,
소리는 이미 떠나버렸다

# 나무 날 데 없다

박세린

나무랄 데 없었다
네가 버린 숨을 먹고
너를 위해 내 숨을 내어준다

나무랄 데 없었다
두 볼 발개져
날 찾아온 너를 위해
나는 기꺼이 그림자를 내어준다

나무 날 데 없다
원통하구나
넌 이런 나를 이리도 매정히
지우는구나

# 삭발

정보경

왼쪽 어깨 대신 '절'
뼈 대신 '길'
이제 충분해

등에는 골프장을 짊어지고
손가락엔 수많은 돌탑이 올려져 있어
더는 필요 없어

하지만, 지금 내 자존심
정수리를 밀어버리고
전망대를 씌워줘봤자

난 너희를 용서할 수 없다

# 바라던 바다

모두가 나를 바라보네
모두가 나를 좋아하네
나를 보며 웃고 행복해하네

아무도 모르는 걸까?

나에게는 병이 있다는 걸
누군가 버린
소주병 콜라병 생수병

이제는 견딜 수가 없어서
넘실넘실
너희를 덮칠 수밖에

날 보러 온 너희들을
날 이렇게 만든 너희들을

# 상어(相語)

박서연

빛이 보인다
이번에는 속지 않았다


완연히 푸르던 우리의 고향 알록달록 어지러워
찾아오지 못하겠구나


시리도록 차가워 껴안았던 우리의 고향
겪지 않은 따뜻함에 찾아오지 못하겠구나


종일 뛰놀던 우리의 작은 친구들
매서운 고요에 찾아오지 못하겠구나


빛이 보인다
차라리 속고 싶어졌다

# 멸종시계

이소윤

째깍

흰머리독수리 대왕고래 북극곰 인간

다시 째깍

대왕고래 북극곰 인간

또다시 째깍

북극곰 인간

째깍

인간

마지막으로

째깍

아무것도 없다

아무것도…

# 혼란

최예원

우리의 구름은
예고도 없이 밀려오고,
우리의 비는
뜨겁게 내리며 땅을 삼키고,
우리의 바람은
길을 잃어버리고,
우리의 태양은
차가운 지구를 밀어낸다

우리의 자연은
뒤죽박죽 엉켜버리고,
우리는 그 속에서
헤매고 있다

# 지구

권서현

우주에서 푸르게 빛나는 구슬은
이 작은 생명들에게
모든 것을 내어주었다

그 작은 생명들은
구슬의 푸르름을 먹고 자라며
회빛깔 한숨을 내쉰다

우주의 푸른 구슬은
푸르름을 내어주고 빛을 잃어
회빛깔 한숨에 휩싸인,
회색의 구슬이 되어간다

# 쓰레기 섬

이지원

새로운 섬이 나타났다

딱딱하고
불규칙한 모양의
알록달록한

날이 갈수록 커진다
있는 대로 쪼아 먹어봤지만
딱딱한 것들뿐

드디어 첫 식사에 성공했다
숨통이 조여오더니
정신이 흐릿해져 간다

아,
내가 먹은 것은 무엇일까?

# 물고기의 식사

김가이

눈으로 한 번, 코로 한 번, 맛으로 한 번
나는 맛을 볼 수 없기에,
냄새를 맡을 수 없기에
눈에 의지하여 꿀꺽
허기를 채운다

푸르디푸른 내 고향
파란 시야 속 빨강, 초록, 하양…
화려한 색상에
우리의 눈이 만족하였나
너도, 나도
눈에 의지하여 꿀꺽

우리는 맛을 볼 수 없기에,
냄새를 맡을 수 없기에

우리의 푸른 고향을
알록달록 물들이는 저것이
우리의 몸에서
어떤 일을 할지는 모르지만

눈에 의지하여 꿀꺽…

# 바다의 무게

박채윤

그냥 먹는다
좋은 것이든 나쁜 것이든
설마 나에게
나쁜 걸 주겠어
내 몸이 무거워진다

네가 준 모든 것을 돌려줄게

그냥 뱉는다
좋은 것이든 나쁜 것이든
설마 너에게
나쁜 걸 주겠어
내 몸이 가벼워진다

# 화

최예원

꺾는다
사랑한단 말과 함께

뽑는다
아름다운 미소와 함께

찢는다
어리석은 희망과 함께

입었다
꽃잎에 새겨진 화를
지우지 못할 상처와 함께

# 심해의 방랑자

속이 울렁인다
저 드높이 둥근 그림자
눈부신 빛더미에도
보기가 역겹다

역겨운 내 모습
하는 수 없이 가라앉는다
저 멀리 저 깊이
아무도 찾을 수 없게 숨는다

그렇게 숨어서
빛 한 점 없이 썩어가야지

긴 세월 흐르고
그때도 미련 남아
이 땅에 남아있겠지

수평선 위로

다시 숨을 쉴 수 있을 때까지

# 민들레

김혜원

혼자된 나


바람을 타고 날아와
싹을 틔우고 꽃을 피우고


어느 날
사라져 버린 마을
사라져 버린 울창한 숲


이젠 볼 수 없는
그들의 따뜻한 미소


혼자된 나
나는 오늘도 홀로 마을에 –

# 비워진 자리

갑작스럽다
녹보수가 죽어가고 있다

아무리 물을 줘도
따뜻하게 해줘도
다가오는 이별을 막을 수 없다

이리도 늦게 올 줄은
이리도 먹먹할 줄은
오고 있는 겨울을 막을 수 없다

이 추위를 대비할 수 없을 줄은
내 열정을 한순간에 앗아갈 줄은

결국 온기도 없는 비워진 자리
갑작스럽다

# 외톨이

이나경

나는
힘찬 날갯짓을 한다
꽃을 찾기 위해

노오란 나는
이리저리 움직인다
아이들 먹일 꿀을 찾기 위해

문득, 나는 궁금하다
그 많던 꽃은 어디로 갔을까
그 많던 친구들은 또 어디로 갔을까

나는 홀로 남아
없는 꽃 앞에서
외로이 왱왱 일 뿐이다

노오란 나는

그 자리를 떠날 때까지

보지 못했다

# 복수

장예빈

복수 준비 중이다

참치캔을 먹었다
플라스틱을 먹었다
빨대를 먹었다
점점 아파오지만 참았다

복수를 해야 한다
어부에게 잡혔다

드디어 할 수 있다
복수 성공!

# 밤

김민서

잠을 너무 오래 잤다
아직도 밤이다

빼꼼, 고개를 내밀어본다
아, 낮이었구나

물속은 여전히 밤이다
짙은 밤이라 앞도 보이지 않는다

숨도 점점 막혀온다

# 바다의 꿈

윤채경

산과 함께
장난치던 순간을
사랑했다

순간순간의 사랑이
영원하길 바랐다

그런데,

몸이 커지기 시작하면서
소망은 멀어져갔다

산을 삼키는 걸 알게 된 후에
행복은 침몰했다

몸이 커지는 것보다
산과 함께 하는 게 더 좋은데

홀로 남겨지게 되는 건
너무 무서운데

# 아이

어둡고 넓은 방 안에 혼자 누워있는 아이는
엄마가 필요합니다
열이 나지만 아무것도 할 수 없는 아이는
엄마가 필요합니다
아이의 마음속은
메말라서 갈라졌고
뜨거워서 녹고 있습니다

아이는 소리칩니다
아이는 불빛을 깜빡입니다
아이의 급한 신호를 확인했지만
냉담한 엄마는
눈길조차 주지 않습니다

아이가 바보인 것입니다
엄마가 올 거라 기대하는

아이가 바보인 것입니다
엄마가 열을 식혀줄 거라 기대하는
아이가 바보인 것입니다

# 표류

둥둥 흘러간다
바닷속으로

둥둥 떠내려간다
망망대해로

모이고 모여
혼자가 아니게 된다
큰 섬이 된다

어색한 풍경
둥둥 –
오늘도 흘러간다

# 상승

금유선

발목까지 바닷물이 차오른다
해안가의 지평선이 아름답다


무릎 오금으로 파도가 차오른다
거세지는 물살에 몸이 휘청인다


가슴께로 적해초가 쓸려간다
바다의 짠내가 가까이 다가온다


난 아직 한 발자국도 움직이지 않았다

# 바위

홍시현

깊은 숲이 뱉는 초록빛 공기와
울창한 나무들이 경비를 서주는 평화로운 곳

지친 동물들이 기대어 쉬어가고
차가운 눈비를 견디며
단단해지길 수억 년째 되던 어느 날

깊은 잠에서 깨어나 보니
쿵
내 허리가 부서져 나가고 있네
쿵
어깨에 구멍이 뚫리고 있네

대체 왜
지구의 불청객들은

내 몸을 수천 갈래로 쪼개고 쪼개

발길에 차이는 한낱 조각으로 만들었나

# 회색 파도

박지우

하늘은 뿌연 회색으로 덧칠하고
바람은 얕은 한숨처럼 흐르고
도시는 깨어 있던 불빛들로 밤을 채운다

떠다니는 비닐 조각이 파도를 대신했고
낡은 나뭇잎들은 먼지 속에서 잦아들고
자연의 소리는 어디에도 없다

줄어드는 자연의 자리
흩어진 자연의 조각들
끝내 돌아오지 않을 것들이 우리를 응시한다

# 미지

이예빈

비가 쏟아지고
눈이 내리다
우박이 떨어진다

벚꽃은 일찍 깨어나고
단풍잎 위엔 함박눈이

감귤은 더 이상 노랗지 않고
딸기는 자꾸만 뒷걸음질 치고

푸른 하늘 찢어지고
거센 바람이 알려도
여전히 우리만 모른다

# 가랑비

이송은

얼음과 친한 북극곰
한 해 한 해가 지나감에 따라
물과 섞이고

무심한 인간
한 해 한 해가 지나감에 따라
이기심만 섞여

얼음 녹아 물 되고
물에 빠져 젖고
눈물에 젖는다

# 마지막 노래

최아람

숲의 어둠 속에서
희미한 소리가 들린다
오직 나만이 내는
나만이 들을 수 있는 노랫소리

숨 막히는 고요 속
나는 마지막 노래를 부른다
바람은 또다시
아무도 없는 하늘로
내 소리를 실어 갈 뿐이다

나의 세계는 점점 조용해진다
누군가 나의 노래를
또 나를 기억해 줄까?

# 인공재해

시커먼 밤
피어오르는 섬광

머릿속을 헤집는 굉음에
그들의 입에선 환호가
우리의 입에선 비명이

시야를 가득 채우는 빛의 향연에
그들은 홀리고
우리는 눈이 멀고

끝날 듯 끝나지 않는 불씨의 장난에
그들은 자리를 떠날까
우리는 자리를 잃을까

아아-
인간께서도 무심하시지

# 그 여름에

이민혜

삭막하다
어느 순간부터 시끄럽던 주위가
침묵하듯 조용해진다

지난여름 함께 뛰어놀던 친구들이
올해는 어디로 갔는지 보이지가
않는다

하나둘 내 주위를 떠나는
친구들
이대로 나 혼자 남으면
어떡하지

삭막하다
난 오늘도 걱정을 안고
주위를 둘러본다

# 옷장 정리

장서윤

여름 지나고 어느새 겨울
반팔 넘어서서 어느새 긴팔

너도나도 시원한 옷만
고집하던 어제

오늘은 따뜻함을
껴입기에 바쁘네

붉은 단풍잎이 순식간에 떨어지듯
기온도 훅훅 떨어지네

눈 깜짝할 사이
가을은 단풍잎과 함께
바람에 떠밀려가고

겨울은 눈보라를 치며
서둘러 달려온다

# 파괴

이수민

더 살 수 있을까?
나의 숲
내 삶의 일부
나의 서식지
그들이 희한한 건축물에 의해
파괴된다

더 쉴 수 있을까?
나의 나무
내 삶의 일부
나의 침대
그들이 간벌에 의해
파괴된다

더 날 수 있을까?
나의 공기들이

사라져간다
숨이 막힌다
더 날고 싶다

# 첫 출근

조선재

고대하던 뜻깊은 순간이다
이날만을 기다리며, 얼마나 노력했는지
몸을 갈고 닦아가며 노력했던 세월이었다

그런데 난 버려졌다
고작 한번 쓰고 말 패였다
나는 이대로 사라지지도, 썩지도 못하며
이 세상 속에서 방황해야 하는 것인가

이제서야 깨달았다
세상엔 나와 같은 처지인 이들이 넘치도록 많다
는 걸
그들이 이미 복수를 시작하고 있다는 걸

# 한순간

이윤지

손가락질 받았다

떠돌아다녀서일까?
같이 다니는 친구가 많아져서일까?
푸른빛을 가려서일까?

나도, 손가락질 받고 싶지 않았는데
나도, 푸른빛을 가리고 싶지 않았는데
나도, 버려지고 싶지 않았는데

모두에게 편의를 주고 싶었는데

한순간 버려졌다
푸른빛이 아름다웠던 곳으로

# 존재

박근령

나는 왜 존재하는가?
나는 오직 한번을 위해 사는가?


많은 것들을 위해 살 순 없는가?
내 몸이 닳고 닳도록 쓰일 순 없는가?


그저 하나가 아닌 많은 것들을
위해 존재하고 싶다


가고 싶다
백 년, 천년 살 인생
누군가에게 도움을 주다가


쓰이고 싶다
아픈 초록 구슬을 위해
조금이라도 더

그러다 가고 싶다
하나의 흙이 되어

# 푸른

김지윤

오늘은
무지갯빛으로 빛나

빨강 노랑 투명

오색 빛깔을 뽐내

꽃게가 날 쳐다봐
물고기가 날 걱정해

왜?

나는 내 색깔을
잃어가고 있거든

# 성괴

김나은

난 성형 괴물이다

색소를 넣어 푸르러진 에메랄드빛
바다
매일 세워지는 높고 멋진
빌딩들
사람들을 위해 깎아진 수백만 그루의
나무들

난 예뻐지지만
점점
아파온다

난 성형괴물이다

# 바다

집이 더럽다
쓰레기투성이다


전등이 깜박거리고
벽지는 다 해지고
난방만 되는


집을 잃었다
편히 쉴 수 있는 곳이 없다

62

# 바라는 회귀

권록희

강물은 썩고 나무가 흔들린다
새들은 날지 않고, 땅은 텅 비어간다

우리가 남긴 흔적들 속에서
생명은 조용히 사라지고 있다

그 울음소리가 가까이 오지 않기를

# 멸종된 도도새

전소윤

도도도도도
오늘도 나는 인간을 피해
도망가고 있다
인간들은 내 친구들을 잡아 먹는다
나는 오늘도 인간을 피해
도망가고 있다
1681년 우리의 마지막 순간
나는 잊지 못한다

# 숨

이민주

혼자 고요히 헤엄친다

누군가가 알록달록한 장난감을 주고
검은 담요를 덮어주네

주위에 실이 서로 좋은 듯 붙어 다니고
나와 함께 헤엄치던 친구들이 떠오르네

이젠 너무 많아서
숨이 막혀온다

# 땅

정윤아

어느 날
선물을 받았다
너무 좋아 꼭 끌어안고 있었다

어느 날
두꺼운 옷을 받았다
너무 좋아 매일 입고 있었다

어느 날
검은 연기가 몰려왔다
너무 좋아 깊이 들이마셨다

어느 날
약을 받았다
너무 좋아 다 먹어버렸다

결국

모두 망가졌다

# 숲속의 기다림

손지우

맑은 하늘 아래
우리들이 모여있는 숲
나무들은 손을 흔들며 반기고
해님은 우릴 향해 웃어주네

반달가슴곰의 울음은
어둠 속에 퍼지는 속삭임처럼,
담비의 목소리는
바람에 실려 오는 가벼운 속삭임처럼
우리의 마음속에 깊게 자리 잡는다

고요한 숲에 혼자가 되어
친구들을 기다리며 시간을 흘려보내고 있네
그리운 내 친구들
우리 다시 만날 수 있겠지?

# 바다거북

황현아

빛을 보고 싶어서
캄캄한 껍질을 깼다
빛을 보고 싶어서
무거운 등딱지를 짊어졌다
빛을 보고 싶어서
아득한 구덩이를 기어 나왔다

설레는 마음에
가장 밝은 빛을 따라갔다

그 빛의 끝은
바다일 것이라 생각했기에

그런데 바다는 없더라
나는 딱딱한 바닥에 누워
빛을 잃어간다

# 목욕

권소윤

사람들이 갖다주는 입욕제
내 몸에 보글보글 일어나는 거품과
둥둥 떠다니는 입욕제 조각들

사람들이 나를 씻기려는 건가

뽀득뽀득
초록색으로 뒤덮인 내 몸

콜록콜록
역시 목욕이 최고야

# 어! 없어졌다

먹이를 먹으러 가볼까?
어! 눈이 안 와서 먹이가 없어졌다!

친구들과 놀러 가볼까?
어! 다 천국 여행 가서 없어졌다!

그럼 산책이라도 하러 가볼까?
어! 높아진 수영장으로 땅이 없어졌다!

어! 더 이상 우리가 알던 지구가 없어졌다!

# 보이지 않는 길

조혜원

하늘을 날아다니다
쿵!
어딘가에 부딪힌다


하늘을 날아다니다
헙!
숨이 턱턱 막힌다


하늘을 날아다니다
어?
길을 찾지 못한다

# 다이어트는 내일부터

박나현

가벼웠던 내 리즈 시절은 어디 가고
비만 되기 직전

사람들이 막무가내로 버리는 쓰레기들이
파도에 떠밀려 내게로 온다

사람들이 하는 캠페인도 봉사활동도 작심삼일

사람들 때문에 내 다이어트는 자꾸만
내일로 미뤄진다

# 시한부

최나영

내가 죽는 날이 다가온다
빠르게 흐르는 시간
내가 살 수 있는 방법은 없을까

내가 살 수 있는 시간을 예측하는 사람들
먼저 나를 살릴 수 없을까

살이 빠지고 앙상해진
이상해진 내 모습
뜨거운 몸, 올라가는 체온

다가오는 죽는 날
살고 싶다
내가 살 수 있는 방법은 없을까

# 조상바위의 기억

심정원

내 위로 쌓이는 무거운 녀석들
내 마음도 몰라주는 오염된 녀석들
너희는 아니?

초록색 한 움큼 있던 그 푸르른
그때 그 시절을

너희는 아니?
상쾌한 다음날이 기다려주고
300만 년 전…
그 날들을?

너희는 아니…?

# 새 차

곽준희

친구가 새 차를 뽑았다
빨간색 그물 모양 차

다른 친구도 새 차를 뽑았다
이번에는 투명한 플라스틱 차

이제 모두가
차를 가지고 있다

나만 차가 없네
그러다,
아주 멋진 차를 발견했다

드디어
나도 새 차가 생겼다

그리고 나는

오늘도

내일도

병들고 아프다

# 조약돌

나는 바다 위의 조약돌
내 친구들과 함께 살고 있다


반짝반짝 빛나는 조약돌들
너희들은 누구야?


나는 소주병
나는 플라스틱 뚜껑


우리는 조약돌이 아니야
여기는 우리 집이 아니야

# 오지마 내 친구들

바다에 버려진 나
주위에 이미 와있는 내 친구들

하나는 바다거북 콧구멍 속에,
또 하나는 물고기 지느러미 사이에

아파 보이는 바다거북
슬퍼 보이는 물고기

내일은 내 친구들이 오지 않았으면

# 그리운 고향

장지혜

나는 돌아가고 싶어
나의 고향 집으로

누군가에게 잡혀
누군가의 옷으로

누군가에게 잡혀
누군가의 음식으로

이젠 못 돌아가네
나의 고향 집으로

# 패셔니스타

김세아

우리 바다 속에는 패셔니스타가 많다
매일 아침 인사하는 거북이 아저씨는
반짝반짝 빛나는 비닐 목도리

매일 달리기 경주를 해주는 돌고래 삼촌은
세련된 플라스틱 마스크

다들 너무나 멋지면서
어쩐지 기운이 없다
패셔니스타의 마음은 역시 모르겠다

우리 바닷속에는 패셔니스타가 많다
나도 이제 패셔니스타의 마음을 알게 되었다
아파

# 언제까지

박해인

아직 오염의 손길이 미치지 못한 듯
푸르다

한쪽 뺨을 간질이는 바람
잔잔히 내 마음을 덮치는 파도
평화로운 이름 모를 새들까지

잊지 못할
찬란한 고요

언제까지 계속될 수 있을까

# 새싹

황효은

봄을 맞이하려
고개를 빼꼼
아직 겨울이네

다시 고개를 빼꼼
벌써 여름이네

봄은 온데간데없이
향기만 남아
온통 초록뿐인 곳에서
나를 힘들게 하네

# 행방불명

추연우

어디 갔을까
내가 꿰어놓은 금빛 구슬

내가 꿰어놓은 건 어디 가고
초록색 구슬, 빨간색 구슬만
줄줄이 널려있다

아무리 다시 꿰어봐도 온데간데없고
초록색 구슬, 빨간색 구슬만 널려있다

어디 갔을까
내 금빛 구슬

# 풀

김주영

나는 두려움에 떤다
저들이 나를
괴롭힐까

나는 주위를 살핀다
저들이 내게
오진 않을까

나는 힘들어한다
저들이 내게
무엇할까

겨울
나는 눈에 덮여
잠시나마 안심된다
저들이 나를
찾긴 어려우니

# 사라진 일상

지수진

전날 약속했던 장소로
그런데 내 친구들은
어디에 있지?

아쉽고 걱정되지만
다시 집으로
터벅터벅
걸어간다

왜 나오지 않았을까?
밤새 친구들의 걱정에
잠 못 이루다
스르르륵
잠에 든다

새근새근
잠을 자던 때
우다다다
소리가 들린다

밖으로 나가보니
쿵쾅쿵쾅
아주 커다란 괴물들이
우리들의 집을
부순다

우리 모두는
생각할 새도 없이
그곳을 빠져나왔다
그렇게 우리의 일상은
사라졌다

# 브레이크

박민영

게임의 시작
재앙의 시작


던져진 주사위
울려 퍼진 휘슬


상대를 향해 거둔 총은
애꿎은 동식물이 맞고


바닥에 던진 바나나 껍질은
토양오염의 원인이 되고


바다에 버린 헌 타이어는
해양오염의 원인이 되고


결승선을 향해 밟은 페달은
해수면 상승의 원인이 된다

# 하늘색

김도희

하늘은 푸르다
푸른 바다를 담아낸 듯이

하늘은 누렇다
고운 모래를 쏟아낸 듯이

하늘은 뿌옇다
뿌연 향을 태워낸 듯이

하늘은 어둡다
검은 밤이 찾아온 듯이

# 거북이 빙고

정지민

나는 푸른 산호초 옷이 필요하다
너덜너덜 그물망 말고

나는 물고기 친구가 필요하다
끈적끈적 오물 말고

나는 깨끗한 공기가 필요하다
길쭉길쭉 숨 막히는 긴 빨대 말고

나는 언제까지 기다려야 하나

# 이기심

박예린

남 일이라고
쓰레기를 마음대로 버리는 인간
배기가스를 배출하는 인간
계속해서 공장을 돌리는 인간

이러한 인간의 이기심으로
지구는 하루하루 파괴되고 있다

돌고 도는 생태계로
저녁 식탁에 있는 생선구이의
미세플라스틱으로 다시 만난다

# 외톨이

임고은

나는 계절에 따라
머리 스타일을 바꾼다


어떨 때는 파릇파릇한
초록색
어떨 때는 알록달록한
주황색


친구들이 좋아하는 나의 모습
하지만 어느 순간 나는 외톨이가 되었다


왜 사람들이 날 향해 날카로운 것을 들고 오는
걸까
내 친구들은 어디 갔을까
친구들아, 보고싶어

나는 친구들이 많이 찾아와주는
예전으로 돌아가고 싶다

# 삶터

나는 지구야
 작은 생명들의 삶터, 나는 그들을 행복하게 만
들고 싶어

하지만 그들에게 난 소중하지 않은 것 같아
나의 상처를 치료하지 못할 것 같아

열이 나고 있어
몸이 점점 뜨거워져

내가 그들을 아프게 하는 건 아닐까?
언젠가 내가 불치병을 앓게 된다면
그들은 나보다 더 아플지도 모르는데,
그럼 안 되는데

열이 나고 있어
몸이 점점 뜨거워져

그래도 나는 그들이 날 지켜주리라 믿고 있어

# 바다

김민지

나는 아름다운 바다야
내 안에는 많은 친구들이 있어

바다를 자유롭게 헤엄치는 거북
친구들과 함께 놀던 해파리

이젠 원래의 모습을 찾을 수 없지
그물망 물고 있는 거북
비닐봉지와 친구를 구분 못 하는 해파리

내 친구들을 구해줘

# 물고기의 밤

한다현

밤이 고요한 우리 집을 덮었다
밤이 맑은 하늘을 가렸다
우리 집은 항상 밤이다
나는 어둠 속에서 길을 잃고 헤맨다
아침은 언제 올까

# 나무의 기억

박예진

나는 원래 이런 모습이었나?
나뭇잎이 하나하나 떨어지는 내 모습

나는 원래 이런 모습이었나?
나뭇가지가 하나씩 말라 가는 내 모습

나는 왜 이런 모습이 되었나
나는 언제부터 이런 초라한 모습이 되었나

내 기억 속 내 모습 어디로 갔나
왜 자꾸 내 모습은 사라져 가는 건가

나는 왜 이런 모습이 되었나
나는 누가 이런 초라한 모습이 되게 만들었나

내 기억 속 내 모습은 그저 과거일 뿐인가
나는 원래 이런 모습이 아닌데

사라진 나의 모습, 그리고 선명한 나의 기억
푸릇한 모습은 어디 가고 지금의 모습만 남아있나

# 고통

쓸쓸함으로 남은 쇠창살


해 뜨자 옆 칸에서 들려오는 앓는 소리
번쩍이는 플래시 때문인가
떼 지은 눈동자에 부끄러움 때문인가


출출할 때 던져진 무언가
밟으니 나는 바스락 소리
오늘의 점심인가


어두워진 하늘
고요함으로 뒤덮인 쇠창살
단잠을 깨우는 불빛
이 시간에도 날 구경하나

# 고통

쓸쓸함으로 남은 쇠창살


해 뜨자 옆 칸에서 들려오는 앓는 소리
번쩍이는 플래시 때문인가
떼 지은 눈동자에 부끄러움 때문인가


출출할 때 던져진 무언가
밟으니 나는 바스락 소리
오늘의 점심인가


어두워진 하늘
고요함으로 뒤덮인 쇠창살
단잠을 깨우는 불빛
이 시간에도 날 구경하나

아, 점점 아파진다
온몸을 쑤시는 고통

# 고향

박서현

내가 살던 옛 고향
쓰레기로 가득 찬 고향
더 이상 찾아볼 수 없네

점점 추억을 잃어간다
친구들과 함께 놀던 곳에도
가족들과 함께 있었던 곳에도
모두 쓰레기로 가득 차 버렸다

이제는 볼 수 없는 옛 고향

# 나의 집

한총비

나의 소중한 집
누군가 찾아와 뺏어버린 집

누군가에겐 즐거운 곳이 되었지만,
나에겐 살 곳이 없어졌다

누군가에겐 추억을 만들어 주게 되었지만,
나에겐 추억들이 없어졌다

# 흙

이세원

누군가 나를 밟았다
아팠다

누군가 나를 파헤쳤다
아팠다

그래도 나는
행복했다

결국 그대들도
내가 되어

고요한 숨결만이
숨 쉬는 곳에서

영원히
잠들 테니

# 흐릿한 푸른 땅

신가율

꽉 잡은 양손
푸른 들판에
돗자리 깔고


뛰노는 토끼
푸른 들판의
풀 뜯어 먹고


찾아온 열기
푸른 들판을
태우며 가고


떠나는 토끼
푸른 들판과
사라져 가네

# 핫 걸

나는 '핫 걸'이다
비록 너무 핫해서
몇몇 나라에서는
가뭄이 끊이지 않고
빙하가 녹아
해수면이 상승해도

괜찮다
나는 '핫 걸'이다
너희가 만들어준
태양계에서 제일 핫한
'핫 걸'

# 스위치

배수인

딸깍하고 누를 때마다
줄어드는 내 보금자리

한 번이라도 닫아줬다면
가족과 이별할 일이 없을 텐데

아, 오늘도 줄어드는 내 보금자리
이제는 더 이상 발 디딜 공간도 없네

한 번이라도 닫아준다면
하루라도 마음 편히 잘 수 있을 텐데

# 블랙홀

타오르는 별 안으로
누군가의 비명이


타오르는 별 안으로
형태를 알 수 없는 것들이


물을 부어봐도 증발할 뿐
계속 타오른다

# 환경의 편지

말로만 아껴, 사랑해
또 반복하는 그 소리
이젠 지쳤어


진짜야, 내가 더 잘할게
이번엔 안 믿어


나 정말 많이 참았어
왜 내 생각 안 해줘?


이제 나도 달라질 거야
이제 나도 못되게 굴 거야

# '너'에게

이해나

초록머리가 자랄 때마다 잘라주던 '너'
뿌리까지 뽑아 버리다니 괜찮아
모공이 깨끗해지기도 전에 블랙헤드를 만들어버
리던 '너'
물 같은 피부를 원하지만 괜찮아
감기에 걸려 아픈데 방법이 없다는 '너'
아픈 건 싫지만 괜찮아
숨쉬기 어려워서 이제야 날 간호하는 '너'
이젠 괜찮아 '너'는 아, 없네

# 용궁 응급실

요즘 따라
환자가 많다.

어제는
몸에 비닐봉지가 감긴 물고기가

오늘은
코에 빨대가 꽂힌 바다거북이가

내일은 어떤 환자가 올까?

# 살인마

이지인

오늘도 어김없이
우리 언덕에 나타난
연쇄 살인마

내 친구들을 뽑아버리곤
어디론가 또 사라져 버린다

친구들이 있던 자리에는
새로운 친구들 자라나고
연쇄 살인마 또 오겠지

불안한 하루하루
불행한 하루하루

# 멧돼지

신혜인

사라졌다
내 소중한 딸이
사라졌다

불쑥 찾아온 불청객
평소와는 조금 달랐던 분위기
괜찮다며 나갔던 딸은
탕탕 소리 몇 번에
다시 돌아오지 못했다

이건 거짓말이다
내 딸을 찾아야 한다

탕
탕

다시 돌아오지 못했다

114

# 바보 같은 영웅

하은지


나는 누군가에게 집이 되어주고
먹을 것을 주기도 해

나는 아름다워
외모, 향기 모든 게 다 아름답지

또, 나는 생명을 살려
세계를 지키기도 하지

그래서 나는 멋진 영웅이야
하지만 나는 바보야
주기만 하는 바보

사람들이 나를 해치려 해도
저항 한번 못 하고
줄 수밖에 없는 바보 같은 나무야

# 마음

푸르던 내 마음
투명하고 깨끗해,
마음속에서 구름들이
뛰어다니네

마음속에서
검은 안개가 피어오르네
투명하고 깨끗함이
암흑으로 가득 찼네
어두운 그림자들이
숨을 막아 나를 죽이네
나는 나의 푸르던 마음을
잃어버렸네

# 나무

송연아

친구들이 하나둘 사라진다
그들은 단지 자신을 위해
우리를 베어낸다

이 지옥은 언제쯤 끝날까
바라보기만 하며
두려움에 갇혀 사는 나날들이
차곡차곡 쌓여간다

어느새 그 두려움은
나의 살갗을 벗겨내고
생기가 돌던 나의 모습은
혈색을 잃어간다

세상이 흐려진다

# 아우성

콕 콕 콕
여기저기 쓰레기들

푹 푹 푹
점점 더워지는 날씨

켁 켁 켁
더럽혀진 공기

어쩌다 이렇게 되었을까
어떻게 이렇게 되었을까

소리 없는 아우성
언제쯤 닿을까

# 사라진 가을

박다원

단풍잎은 겨울바람에
저 멀리 가버린다

은행잎은 추운 날씨에
발자취를 감춰버린다

알록달록했던 거리
무색이 된 지 오래

# 수명

팔이 잘린다
허리가 잘린다

푸르게 널려있던 친구들은
갈색 신발만

나를 데리러 온 건
무서운 기계 소리와 이상한 냄새

내 몸속에는 곰팡이가 피고
나는 먼지로 뒤덮인다

# 여행vlog

박도원

오늘은 여행을 떠날거야
바람을 타고 쓰레기장을 벗어나
하늘을 날아다니다가
차도에 도착했어
자동차 밑바닥도 구경하고
바퀴에 밟혀도 보고

그렇게 데굴데굴 구르다가
흙바닥에 도착했어

여행이 힘들었으니
여기서 흙이불을 덮고 100년 정도만 자야겠어

# 파도의 속삭임

정예인

파도는 슬프게 속삭인다
불투명해진 바닷물 속 물고기들이 길을 잃어가고
산호는 먼지를 삼키며 숨을 쉰다

당신이 던진 작은 조각,
그것이 바다에 퍼지고
수천 번의 소리로
파도가 울고 있다

숨을 쉴 수 없는 바닷속에서
이제, 바다의 눈물은
끝없이 흘러내린다

# 계절

권이안

서걱서걱
갉아 먹히는 소리
내 빛깔이 갉아 먹힌다

한때는
아름다운 분홍빛 퍼트려
붉은빛 노란빛 물들여
빛나던

나는 결국,
무색이 된다

# 지구의 팔레트

송하윤

초록빛이던 숲은
어느새 갈색빛

푸르르던 바다엔
검푸른 빛이 둥둥

회색 공기는
투명해질 기미가 보이지 않는다

알록달록하던
지구의 팔레트엔
이제 검정 물감만이 남았다

# 집

정예경

평화롭고 아름답던 나의 집
하하호호 즐겁게 놀던 친구들

그런데 갑자기
쾅 쾅
나의 집이 베어진다
나의 집이 쓰러진다
불청객이 나의 집을 파괴한다

사라진다 평화롭고 아름답던 나의 집
사라진다 나의 친구들
나도 사라지는 건 아닐까?

# 도둑

김도경

내가 가던 길
괴물들이 빠르게 달리는 곳

내가 지나갈 때
큰 소리로 혼쭐내는 경적

내가 가던 길
목숨이 걸려 있는 전쟁터인 곳

내가 지나갈 때
강한 빛으로 공격하는 헤드라이트

전부 빼앗아 가는
저 낯선 괴생명체들

# 나는 누구

김채원

여긴 어디
나는 누구
몸이 둥실둥실 떠다닌다

여긴 어디
나는 누구
어떤 생물은 내 안으로 들어온다

여긴 어디
나는 누구
어떤 생물은 나를 씹어 먹고 죽는다

여긴 어디
나는 누구
난 죽지 않는다

# 달리기

이시현

차오르는 숨
언제까지 달려야 할까

땀이 나고 볼이 빨개져 가
언제까지 달려야 할까

점점 막혀오는 숨에
언제까지 달려야 할까

# 인원 초과

이지원

오늘의 모임 장소!
푸른 바다 한가운데

신상 비닐 옷을 차려입고
두둥실 몰려와

알록달록 플라스틱 모자 쓰고
하나둘 찾아와

365일 24시간 계속되는 모임

인원 초과!
숨 막혀요!

# 춘하추동, 그리고 지금

꽃밭의 봄 나라는
이제 벌이 다니지 않네

무더운 여름 나라는
이제 물에 잠겼네

선선한 가을 나라는
이제 얼음만 얼어있네

새하얀 겨울 나라는
이제 눈이 내리지 않네

어쩌다 이렇게 된 걸까

# 공기의 아픔

강은서

공기는 아프다
더러운 냄새가
공기와 함께 있어서

공기는 아프다
수많은 바이러스가
공기와 뒤섞어서

공기는 아프다
깨끗한 하늘로
올라가고 싶으나

더러운 하늘이
공기를 마주하네

# 똥

어제 먹은 물고기 안에
알로록달로록 음료캔 조각들

어젯밤 내가 싼 똥은
전날보다 더 알로록달로록

내일 쌀 똥은
오늘보다 더 알로록달로록

# 쓰레기

류하린

길바닥에 버려진 지 하루,
친구가 생겼다
친구들이 내 위에 쌓여간다
그렇게 버려져서
우리는 크고 냄새나는 산이 되어간다
친구들이 있어 외롭지 않지만
버려진 우리들이
지구를 아프게 할까 두렵다

# 10초의 인생

홍지연

오랜 기다림 속에
뜨거운 온도 속에서 태어났다

오랜 기다림 속에
백 리를 넘게 이동했다

오랜 기다림 속에
진열대에 올랐다

기다리고 기다리고 또 기다리고…

그러나 단 10초 만에 버려졌다

아 허무한 인생

# 일회용품

이소정

나는 완벽한 줄 알았어요

후에 겪게 될 재앙을 모른 채,
모두에게 환호 받았죠

아무도 그 재앙의 어둠을 느끼지 못한 걸까요?
어쩌다 내가 이리 된 걸까요

하지만
나는 여전히 그 환호를 품고 있으니, 바랄 것도
없죠

# 나는 버려진다

이봄

인간에게 버림받고
어두운 곳을 지나
처음 보는 곳에 도착한다

이제 나는 또 버려질까?
모든 존재에게 버림받는다

시작부터

# 향수

윤현진

집으로 돌아가고 싶다
푸르던 나무들이 울타리진
다시 가지 못하는

친구들이 보고 싶다
푸른 초원에서 함께 뛰놀던 친구들이
다시 보지 못하는

예전이 그립다
친구와 고향이 그립다

# 도도새

이세은

달콤한 열매를 먹던 도도새
예쁜 집을 짓고 살던 도도새

평화롭던 섬에 그림자가 덮치고
이제는 먹지 못하는 달콤한 열매
이제는 짓지 못하는 예쁜 집

# 수달

서윤채

친구들이 점점 사라지고 있다
살던 곳이 댐이 되었다
살던 곳이 도로가 되었다
나는 쓰레기들과 둥둥 떠 있다

친구들은 어디 간 걸까?

친구들은 모피가 되고
집은 도로가 되고
나는 외톨이가 되어가네

친구들이 점점 사라지고 있다
집도 점점 사라지고 있다
나는 쓰레기들과 둥둥 떠 있다

# 대가

김규리

푸른 하늘은 이제 없고
맑은 강물도 이제 없네,
바다에는 해양생물 대신 쓰레기가 떠다니고
하늘엔 구름 대신 메케한 연기가 자욱하다

이것,
자연의 울부짖음을 외면한 대가
죽어가는 동물들을 외면한 대가
호소하는 사람들을 외면한 대가

# 병

공허했던 내 마음에
사소하지만 큰 행복들이 찾아온다
행복들은 금세 제 자리를 잡고
난 그 행복들을 소중히 품는다
여러 행복을 품고
또 다른 감정을 맞이했다
그것들은 내 마음을 휘젓고
나와 내 행복들을 아프게 했다
내치는 법을 모르던 내 마음이
그것들을 품어버렸고
그렇게 나의 마음이 병들었다

# 사라진 계절

안서인

봄의 풍경 어디로 갔나
남은 건 벚꽃잎 떨어진 나뭇가지뿐
이젠 기억도 나지 않네

가을의 풍경 어디로 갔나
남은 건 단풍잎 떨어진 나뭇가지뿐
이젠 볼 수 없네

창문 통해 바라보던 풍경
여름과 겨울이 덮어버렸네
여름과 겨울이 1년을 차지해 버렸네

# 외침

이정인

오늘도 여느 때와 다름없이 외쳐본다
살려달라고 아프다고
아무도 나의 말을 들어주지 않는다

너희는 내가 아프다는 걸 알고도
내 안의 무언가를 채워나간다

나의 몸이 점점 뜨거워진다
마지막으로 한 번만 더 외쳐본다
아 역시
아무도 나의 말은 들어주지 않는다

# 보금자리

오수빈

사람이 살고 있는 자리에
바닷물이 조금씩 차오르고 있다
사람은 어디서 살아야 할까

북극곰이 살고 있는 자리에
빙하가 점점 녹고 있다
북극곰은 어디서 살아야 할까

나무가 살고 있는 자리에
높은 건물들이 세워지고 있다
나무는 어디서 살아야 할까

언제까지 지구에 생명들이 살 수 있을까

# 바다거북

이수영

나는 깊은 바닷속에서
헤엄치는 바다거북
느릿느릿
물속을 자유롭게 헤엄치는 바다거북

그런데,
이젠 더 이상 헤엄칠 수 없어
내 친구들을 모두 잃었거든
너희들이 버린 쓰레기들로
나와 내 친구들이 고통받고 있어
제발 우리들을 지켜줘

# 지구온난화

온몸이 뜨거워
몸이 녹아내리는 거 같아

날 식혀줄 바다도 끓고 있어
물고기들도 모두 둥둥 떠다녀

내 몸에는 이제 초록색은 없어
그 대신 시커멓고 따가운 공기밖에 없어

# 지구온난화

나는 오늘도 아파 간다
나는 오늘도 힘이 든다


다 너희들 때문이야


너희가 먹은 쓰레기를
왜 내가 먹어?
너희는 내가 불행했으면 좋겠니?


너희가 그렇게 나온다면야,
나도 계속 참지만은 않는다

# 쓰레기의 친구들

아야, 내가 또 길가에 버려졌다
사람들이 자꾸만 나를 버린다
내가 내 친구를 괴롭히는 거 같다


빛나고 있던 내 친구 바다는 어두운 빛만 내뿜고
있고
내 친구 공기는 미세먼지만 내뿜는다


나는 이제 더 이상 내 친구를 괴롭히고 싶지 않다
사람들이 나를 도와줬으면 좋겠다

# 색

이시현

바다를 꾸며줬던 산호초가 죽어간다
알록달록한 색을 잃었다

북극을 뒤덮었던 눈이 녹고 있다
하얀색을 잃었다

나무들이 빼곡히 차 있던 산이 형태를 잃고 있다
초록색을 잃었다

다음은 무슨 색을 잃게 될까

# 안개 낀 미래

강다연

창밖으로 보이는 풍경은
칙칙하고 어두운 안개뿐

길 위의 사람들의 소리는
콜록콜록 기침뿐

아무것도 보이지 않는다
아무것도 들리지 않는다

미래의 지구는 대기오염 속
안개에 파묻히고 있다

# 북극

우성빈

따뜻하다
차가워야 할 공기가

없어진다
다시 돌아갈 집이

사라진다
나의 사랑하는 가족이

그리된다
이제는 너도 이제는 우리도 이제는 모두가

# 일회용품

조혜원

네가 나를 선택한 순간
너와 내가 오래갈 줄만 알았다


하지만 너는 나를 딱 한순간,
나는 한번 이용된 채 버려졌다


너에게 상처를 입은 순간
버려진 나를 반기는 건
나와 같은 수많은 그들이었다


너는 더 많은 그들을 이용하겠지


이제 곧 그들이 너를 덮칠 순간
너는 숨조차 쉴 수 없게 될 것이다

2부 우리의 깨달음과 후회

# 바다의 눈물

문수민

깊은 바다
고동치는 파도
흔들리는 물결
그 속에 숨 쉬던 모든 생명들
까만 천장이 덮인 곳에서
시들어간다

플라스틱이 헤엄치는 물속
미세한 조각들이 심장을
점점 채워간다

산호는 희고 물고기는 고요한
눈빛 속에는
죽어가는 기운이 희미하게 비친다

바다는 눈물을 흘리며
끊임없이 멈추지 않는다
우리는 그 눈물을 닦을 수 있을까

# 겨울잠

김정현

매섭고도 차가운 바람이 불어오며
모두가 겨울잠을 자려 준비 할 때
우리는 지금에서야 깨달았습니다


찌는 듯한 열기에 온몸이 섞여 잠들지 못할 때
가 아니라
하늘하늘한 꽃잎이 내 콧잔등을 간지럽힐 때가
아니라
붉은 세상에 자박한 소리가 내려앉을 때가 아니
라
지금에서야 우리는 깨달았습니다


아니, 그냥 잊고 싶었던 걸지도 모르겠습니다
오늘 이 세상의 곡소리를 들어주지 않는다면
우리는 영영 겨울잠에 빠져 깨어날 수 없을지도
모르겠습니다

158

# 침묵의 경고

이아린

나무가 쓰러질 때,
새들의 노래가 멈춘다
땅은 갈라지고,
강물은 목마르다 한다

하늘은 눈물을 삼키고
숲은 비명을 삼킨다
우리는 무심히 걷는다

자연은 매번 경고한다
그 목소리는 들리지 않는다
이미 귀를 잃은 우리에게

# 빈 접시

물고기 한 마리, 검고 검은 진흙 속에
아등바등 헤엄치는데
올라오는 물방울 하나 없이 조용하다


조금씩, 조금씩 진흙 속으로
스며들 듯
천천히, 천천히, 천천히


마지막 희망처럼 잡은 동아줄,
알고 보니 썩어 가는 쓰레기


이제는 진흙 아래 아무도 없다
다시 보고, 다시 보고, 다시 봐도
아무도 없다


아아, 진흙이 아니었구나

한때는 아름답던 푸른 바다,
검게 물든 것이었네

나는 미안해 시를 썼고,
오늘도 밥상 위엔 물고기가 없다

# 색체

푸른 하늘을 볼 수 있을까
하늘색으로 칠해진 동화책을 읊는 저 아이가

하늘이 파란색이었단 걸 알 수 있을까

저 아이가 보는 하늘은 회색빛인데

싱그러운 풀들을 볼 수 있을까
초록색으로 칠해진 동화책을 읊는 저 아이가

땅이 초록빛으로 가득했단 걸 알 수 있을까

저 아이가 밟는 땅은 회색빛의 콘크리트인데

# 되찾아야 할 빛

푸른빛의 강물이
이제는 회색빛이 되고,
푸르던 하늘도
어느새 짙은 연기로 흐려진다

풀밭과 바다에는
수많은 무채색 조각들이
푸른빛을 빼앗았다

이제 다시
잃어버린 푸른빛을
되찾아야 할 때

# 시그널

곽다경

오늘도 나에게
구조신호를 보내는 너

오늘도 너를 무시하는 나

시간이 흐를수록
들리지 않는 너의 신호

어느 날 들려온
위급하다는 소식

후회하고
또 후회하는 나

되돌리기엔
너무 늦은 지금…

164

# 검은 캔버스

인간이라는 화가는
넓은 대지도
푸른 하늘도
깊은 바다도
전부 검은색으로 칠한다

인간이라는 화가는
곧은 소나무도
하얀 비둘기도
오색 산호초도
전부 검은색으로 칠한다

인간이라는 화가가
만들어낸 작품은
검은색뿐인 지구이다

# 어디 갔니

오유빈

꽃무늬 원피스를 입고
포근한 미소를 주던
너
어디 갔니 어디 갔니

트렌치코트를 입고
세상을 아름답게 물들여갔던
너
어디 갔니 어디 갔니

하나의 아지랑이처럼 스쳐 지나가는
너

네가 있어야 할 자리엔
날카로운 공기와

너의 자리를 파고드는

부글대는 열기밖에 없네

# 실종

장민영

사람을 찾고 있어요
언제부터였는지도 이제 모르겠어요
제가 전기를 너무 막 쓴 탓일까요?
아직 화가 덜 풀렸나 봐요

사람을 찾고 있어요
쌀쌀맞지만 따뜻한 사람이에요
그 사람이 없으니 더 빨리 추워지는 기분이에요

사람을 찾고 있어요
하지만 어쩌면 이젠, 더는 볼 수 없을 수도 있겠
어요

# 후회

윤주현

도와달라는 당신을 두고
귀를 막은 나

빨개진 당신의 눈을 보며
눈을 감은 나

당신의 눈에 고인 눈물을
차갑게 식게 한 나

눈에 초점이 없는 당신
느지막하게 후회하는 나

# 그림의 봄

이소희

분홍 좇아 달려가
눈 떠보니 황무지만

분홍 잡으러 뛰어가
둘러보니 나뭇가지만

내가 찾던 분홍은
내가 애타게 부르던 나의 분홍은
사진 속에 머물러 있네

# 단풍

박채현

겨울이 빠르게 찾아왔지만
아직 떨어질 생각이 없나 보다

머지않아 떨어질 것을 알지만
아직 매달리고 싶나 보다

점점 더 추위가 빨리 올 것을 알지만
더 붉은색을 보여주고 싶나 보다

겨울 추위는 아플 만큼 시릴 것을 알지만
나는 따스하기만을 기다리나 보다

# 멸종의 그림자

김주영

멸종위기, 그 작은 생명들,
사라지면 빈자리가 남아
거북이, 반달가슴곰, 향유고래들까지,
우리의 손길이 필요해

우리가 할 수 있는 것
작은 손길로
그들의 흔적을 지키는 것
바람은 묻는다,
이 모든 것이
"우리가 놓친 시간 때문인지"

# 도와줘

윤예원


아무리 불러도 뒤 한번 돌아보지 않는 너


들리지 않는 걸까
보여도 모른 척하는 걸까


서서히 녹으며 고통스러워하는
빙하를 보면서도
아무것도 할 수 없는 나


쓰레기로 뒤덮인 바다를 보면서도
지켜만 볼 수밖에 없는 나


아무리 외쳐도 뒤 한번 돌아보지 않는 너

173

# 더 이상

너는 언제나 따뜻했다
애정 묻은 눈빛으로 날 쳐다봐줄 때
나를 위해 거리를 아름답게 빛내주었을 때

너는 언제나 따뜻했다
때론 차가웠지만 그 차가움 속에서도 다정함이
묻어나오던 너였는데

언젠가부터 변했다
더 이상 애정 가득한 그 눈빛도, 아름다운 거리
도 보여주지 않았다
차갑기만 한 너의 모습에

나는 괜스레 한 겹 더 꺼내 입었다

# 미래

이다희

놀이터에서 보았던 빛나는 하늘
학교에서 보았던 푸른 하늘
졸업 후 보았던 맑은 하늘

퇴근 후 보았던 뿌연 하늘
동창회 날 보았던 회색 하늘
결혼식 날 보았던 시커먼 하늘

하늘은 더 이상 꿈을 품지 못한다
어릴 적 보았던 그 밝고 높은 하늘에는
더 이상 아무것도 보이지 않는다

아이들은 더 이상 꿈을 품지 못한다

# 어디 갔나

서현서

바다를 걷는다
아무 소리도 들리지 않는다
내가 알던 시끌벅적한 바다
조용하다

길을 걷는다
아무 소리도 들리지 않는다
내가 알던 시끌벅적한 길
조용하다

숲도 마찬가지
아무도 없네
다 어디로 갔나?

# 의문

왜 이럴까?

물고기가 헤엄쳐야 하는 바다에
플라스틱 쓰레기가 헤엄치고 있다

해변에 널린 자갈들 사이에
유리병 조각이 여기저기 널려있다

먹이로 차 있어야 할 동물들의 배에
쓰레기들이 가득 차 있다

왜 이럴까?

# 너는 왜 일찍 왔어야만 했을까

김나윤

12월 어느 날
흰 눈이 펑펑
온 세상이 하이얀
눈꽃으로 가득한데

퐁퐁 내리는 흰 눈더미 사이에
낭랑한 핑크빛 비치는 봄 꽃

꽃잎 송이 송이에 정성껏 바른 블러셔와
반짝거리는 노란색 글리터 흩날리는
너,

강하디강한 바람에 맞아 퍼렇게 퍼렇게 멍이 들고
꽁꽁 얼어붙은 잎사귀와 꽃잎들 위에
소복히 소복히 눈꽃이 쌓여
간밤에 흰 눈과 함께 녹아 사라져 버리겠지

# 우리가 모두 아는 사실

김태서

휘리릭
풍덩
그때는 몰랐다 이렇게 아파할 줄

꿀꺽꿀꺽
콜록콜록
그때는 몰랐다 이렇게 심각할 줄

그때는 몰랐다 결국 아픈 건 우리였음을
우린 정말 몰랐다
정말 몰라서 가만히 있을 수밖에 없었다

제대로 꽂혀있는 붉은 잎 하나 볼 수 없는
지독한 냄새 한 번 밟아 볼 수 없는 지금도
우리는 아무것도 모르기에
이렇게 가만히 있는다

# 회상

최하수

더 이상 마주할 수 없는 너
더 이상 볼 수 없는 너


너와 함께했던 추억들을
더 이상 실현할 수 없게 된다


다시 한번 너를 마주할 수 있을까
다시 한번 너를 볼 수 있을까


더 이상 만날 수 없는 수많은 꽃
더 이상 느낄 수 없는 낙엽

# 어둠

최수안

집으로 가는 길 바라본
넓디넓은 바다에겐
어떠한 원망도 할 수 없이
그저 한숨만 내쉰다

빛나는 별 하나 없는
어둡디어두운 하늘과
그 하늘이 비친 바다는
그 푸름을 잃었구나

어둠이 다가온다

미래가
우리의 푸르를 미래가
사라져간다

## 볼 수 있을까

이재은

숲이 까매진다
청명이 푸르러야 하는 숲이
죽어가고 있다

바다가 까매진다
시리도록 푸르러야 하는 바다가
죽어가고 있다

차르륵 들려오던
나뭇잎 부딪치는 소리가
쏴아아 들려오던
파도가 넘실대는 소리가
사라지고 있다

다시 그 모습을 볼 수 있을까

# 깨달음

최연아

강이 울고 있다
누가 이렇게도 울렸나

우린 웃고 있다
강이 우는지도 모르고

강이 눈물 쏟고
우리 덩달아서 울게하네

강이 울고 있다
내가 이렇게도 울렸구나

# 생각이 많아지네

가만히 바라만 보고있어도 일렁일렁
내 마음을 다독여주네

마음의 여유를 찾도록 도와주는 소리
참 아름답네

그런데,

어디선가 나타난 방해꾼
한껏 여유로워진 내 마음을
다시 훼방 지어 놓네

눈은 푸른 바다를
보고 있지만

마음은 밤바다 같으니

또다시
생각이 많아지네

# 하나 정도는

이채은

종이컵 하나
나무젓가락 하나 정도는
괜찮을 줄 알았는데

배달 용기 하나
플라스틱 컵 하나 정도는
괜찮을 줄 알았는데

하나가 열이 되어도
나 하나 정도는
괜찮을 줄 알았는데

후회하지 않을 줄 알았는데

# 나무

김경민

내가 아는 너는
밝은 모습으로 날 반겨주던 너

내가 아는 너는
따뜻한 마음으로 나를 안아주던 너

내가 아는 너는
나를 위해 작은 거까지 주려 했던 너

내가 이런 널
다시 찾아갔을 땐
이미 변한 너였다

# 끝자락

이여진

자연의 노래가 멈춰버렸다
푸르른 숲속, 그들을 찾아 헤매는
생명의 숨결은 숨을 죽이며
희미하게 사라져 간다

자연의 노래가 멈춰버렸다
계절의 정체성이 흔들리며
추위와 따스함이
서로를 밀어내고 춤을 춘다

자연의 노래가 멈춰버렸다
사라진 계절의 정취 속에,
우리는 무엇을 기다리는가?

# 향수병

김채현

아름답던 바다의 품은
이제 거칠게 울부짖는다

고래의 노래는 비명을 닮아가고
거북의 껍질에 엉킨 것은
파도의 선물이 아닌 인간의 흔적

어둠 속에서 흔들리는 물결 따라
몸속까지 스며든 투명한 조각들

마음에 새겨 두어야 했을 것은
파괴의 죄책감이었으리

하지만 오늘도 바다는 말없이 삼키고
우리는 말없이 버린다
바다의 고통스러운 외침은 외면한 채

# 어라라

반짝이는 무언가가 떠다닌다
보석인 줄 알고 다가가니
어라라, 플라스틱 조각이다


맛난 먹이가 눈앞에 있다
먹으려고 다가가니
어라라, 비닐봉지다


오랜만에 올라온 고등어조림
젓가락을 들었더니
어라라, 쓰레기 조각이다


어라라, 나는 분명히 버렸는데 내게로 되돌아왔다

# 이젠 뜨거운 바다

서명은

오늘도 바다는 열이 나는구나

사람들의 손에는
바다가 싫어하는 친구들이
하지만
그들의 손이 향하는 곳은 쓰레기통이 아닌
바다

바다가 뭘 그렇게 잘못했을까
이제라도 그만해야 하지 않을까

우리가 더 이상 노력하지 않으면
겨울도 바다 닮아가겠어

# 황새

김서진

새들이 날아간다
급하게 도망이라도 가는 듯
날아간다

새들이 날아간다
어딜 그렇게 급하게 가는지
날아간다

새들이 나는 하늘을 바라보다 땅을 보니
뜨겁고 메마른 땅
차갑고 메마른 땅만이 남았다

아, 이곳은 새들이 살 수 없구나
비척한 땅이로구나

# 잠수이별

김시원

벚꽃이 이리도 일찍 폈나
벚꽃이 이리도 일찍 졌나

떨어진 꽃잎들만 두고
그대는 어디로 갔을까

그대를 마주하는 시간은 점점 짧아져
그대와 나 사이 거리는 멀어져만 가는구나

# 감기

서명윤

벌컥벌컥 다 마신 물
남겨진 페트병
바닥에 휙 던져버린다

북극곰의 자리가 사라지고
바다는 살이 찌고
결국 너는 열이 나고 시름시름 앓는구나

건강했던 너,
다시 돌아오지 못하는구나

# 뜨거운 하루

김근비

아아 – 뜨겁다 오늘도
강력하게 내리쬐는 태양
왜 바다 수면이 깊어져 가는 걸까?

예전엔 잘 살아있던 물고기 친구들
쓰레기 조각들을 먹고 죽어가고 있다
아아 – 왜 이럴까?

넓은 빙하 위에서 날 바라봐주던
북극곰 친구들
왜 바다에 빠져 허우적대고 있을까?

모든 생명체가 없어지고 있는 것 같다
아아 – 왜 이럴까?

# 지구에는 아직 온기가

김민서

지구는 아직 따뜻한가 보다
차가 식지 않았으니까

지구는 아직 따뜻한가 보다
수많은 안개꽃이 타오르니까

지구는 아직 따뜻한가 보다
일렁이는 촛불의 냄새가 너무 지독하니까

아, 그래서 빙하가 녹아가는 거구나

# 무단 투기

윤수빈

옷 입은 거북
이불 덮은 모래

누가 만들었나
누가 주었나

벌써 겨울인가
겨울이 온건가

# 잠식

허윤서

개미들이 줄지어 이고 가던 사과 조각
다시 보니 음식이 아니네

싱그러운 풀밭엔 형형색색의 꽃
다시 보니 식물이 아니네

아직 아니겠지 간과하던 모두들
다시 보니 쓰레기에 점차 잠식되네

# 쓰레기

지수아

내가 버린 페트병
내가 버린 휴지들

이리저리 치이고
상처받다가
땅에 묻혀 버리고

아무것도 모르는 물고기들
밥인 줄 알고 먹다 죽는다

# 쓸쓸함

주위를 돌아봐도 아무도 없이
바다를 보며 혼자 생각하네

혼자 쓸쓸히 주저앉다가도
멍하게 다시 주위를 돌아본다
아무도 없이
혼자 쓸쓸히 바다를 보며 생각하네

주위에는 아무도 없지만
바다는 가득 차 있네
더욱 쓸쓸해지네

# 멀어져

박시은

흩날리는 벚꽃은 나의 희망
싱그러운 풀밭은 나의 활력
알록달록 단풍은 나의 믿음
포실포실 눈발은 나의 의지

어느 날,

나에게 희망과 믿음이 멀어져
아무리 잡으려 애써봐도
멀어지기만 하네

나에게 활력과 의지만 남아
점점 외로워지네

# 거북한 인간들

임채린

지구는 어떻게 태어났을까
오랜 시간이 걸려
태어난 지구,
왜 당신의 손으로 죽이고 있는가?


당신의 자식 위해 사용한 그것
당신의 자식을 죽이고 있는 그것
우리 모두를 죽이고 있는 그것
왜 사용하는가?


당신의 자식이 좋아하던 거북이
이젠 없어지랴


거북이를 생각하라
당신의 자식을 생각하라
후손들을 생각하라

# 쓰레기

정예은

한 번 사용하고 버려지는 일회용품
길거리 뒹굴고 있는 담배꽁초
헌 옷 수거함에 버려지는 깨끗한 옷

아무 생각이 없는 사람들

과연 누가 쓰레기일까?

# 바다의 식탐

모두가 즐기는
모두가 물놀이하는
바다다

무언가 둥둥거린다
저게 뭘까?
바다가 먹은 걸까

바다가 먹은 게 너무 많다
우리가 놀 자리가 없다

언제 바다가 그만 먹어줄까

# 아름다운 미래를 향해

김서윤

과연 잘 사는 것은 무엇이며
아름다운 것인가?
무엇이 좋은 것이며
나쁜 것인가?

우리는 늘 말하곤 한다
내가 아니어도 돕는 사람이 많다고
그렇게 대답한 후 여전히 나빠지는 환경에 대해
그렇게 말할 수 있을까?

과거의 우리가 잘못한 것일까?
미래의 우리가 늦은 것일까?
미래를 향해 묻는다
'지금은 과연 잘 사는 것이며 아름다운 것입니까?'

# 용서

김수빈

봄을 봄이라 하지 못하고
여름을 여름이라 하지 못하고
가을을 가을이라 하지 못하고
겨울을 겨울이라 하지 못한다

이젠 견딜 수가 없다
점점 사라져간다
하늘은 시들어가고
자연도 이제는 져버린다

알아도 이젠 늦은 것일까
이렇게나마 용서를 빌어본다

# 하늘색

정예린

네가 말한 하늘색이
내가 봤던 맑고 푸른 청색일까
변해버린 회색일까

네가 보고 싶단 바다는
내가 봤던 청량했던 바다일까
쓰레기 가득한 바다일까

하늘이 변해버렸다
바다가 변해버렸다
누가 이렇게 만든 걸까

# 뚜껑을 열면 눈물을 흘린다

이서은

오늘도 지구로 간다
바다에 도착했네?
그 자리에서 바로 뚜껑을 열어본다
아! 냄새 뚜껑 사이로 썩은 냄새가 올라온다
눈물을 흘린다

오늘도 지구로 간다
하늘에 도착했네?
그 자리에서 바로 뚜껑을 열어본다
아! 뜨거워
눈물을 흘린다

오늘도 지구로 간다
땅에 도착했네?
그 자리에서 바로 뚜껑을 열어본다
아! 더러워 뚜껑사이로 쓰레기가 밟힌다

눈물을 흘린다

100년 후 오늘도 지구로 간다

뚜껑을 열었다
지구가 째애앵그랑
금이 갔다

오늘도 눈물을 흘리며
지구를 보낸다

# 내가 알던 자연이 바뀌었다

도다영

내가 알던 자연은
윤기 차르륵 흐르던 땅이었다
내가 보고 있는 자연은
땅이 바삭 메말라 있다

내가 알던 자연은
북극곰의 살림터가 부족하지 않았다
내가 보고 있는 자연은
부족한 살림터로 북극곰이 죽어가고 있는 모습
이다

내가 알던 자연이
왜 그렇게 변하였을까

원인은 우리 때문이다
우리의 하나뿐인 세상을

우리가 망친다

지금부터라도 고쳐야 한다
우리의 세상을 위해…

# 우리가 만든 연기

친구들과 만나 수다 떠니
벌써 붉은 노을이 번지네


걸으면서 문득 올려다본 하늘
자욱한 연기가 신경 쓰이네


불이 났는지 주변을 돌아보아도
주변은 이상할 만큼 고요하네


그 대신 마스크 쓴 사람들
콜록콜록 기침하는 친구들


이제서야 속으로 깨닫는다
내가 바라본 것은
우리가 만들어낸 연기였음을

그러나
나는 다시 고개를 숙인다
결국 금방 잊고 말겠지
내일도 같은 하늘을 보겠지

# 하늘

매우 뿌연 하늘
푸른 빛 하늘이 그리워져
푸른 빛 하늘이 보고파
푸른 빛 하늘은 언제 되찾을 수 있을까?

3부 자연과 우리의 바람

# 나의 바람

김은서

나의 바람은
여름에는 차가웠고,
겨울에는 따뜻했다

아, 이것이 너의 바람이더냐

나의 바람은
너로 인해 걷잡을 수 없이 커지는데,

아, 이것이 너의 바람이더냐

나의 바람은
이제라도 네가 날 지켜주는 것
이것이 나의 바람이다

# 소망

김사론

광활한 바다를
헤엄치는 것

물속 이웃들과
인사하는 것

방해받고 싶지 않은 일상

플라스틱에게도
인간에게도

방해받고 싶지 않은 일상

# 지구

나는 사랑한다
살아있는 모든 것은 사랑하고 있다


산 위에 있는 소나무를 좋아한다
풀밭에 있는 민들레를 좋아한다
식물 하나하나가 주는 아름다움을 사랑한다


푸른 하늘을 원 없이 나는 새
바다를 헤엄치는 물고기를 좋아한다


초록빛은 사라진 지 오래
하늘은 붉게 타들어 가고
바다는 노랗게 변한다


나는 사랑하고 싶다
살아있는 모든 것을 사랑하고 싶다

# 소망

김지은

푸른 하늘, 반짝이는 강, 살랑이는 바람
어디에 숨었나
지구의 눈물로 돌아오네

회색빛 구름, 검은 강, 숨 막히는 공기
어디서 나타났나
지구의 아픔으로 돌아오네

푸른 하늘, 반짝이는 강, 살랑이는 바람
우리의 작은 손길 하나로
찾을 수 있길

# 숲길에서

여주경

오늘도 나는 숲길을 걷는다
이 순간만큼은 세상의 소음이 멀리 사라지고,
내 안의 평화만이 가득하다

나뭇잎이 바람에 춤추고
햇살이 살며시 나를 감싼다

작은 물결이 바위에 부딪히며 조용히 속삭이고
태양은 부드럽게 내 얼굴을 비춘다

새소리와 흐르는 물소리에
내 마음도 가만히 물들어간다

모든 것이 멈춘 듯한 순간,
자연의 숨결이 내 곁에 있다

자연의 품이 참 따뜻하다고
이 순간을 지켜야겠다고

속으로 다짐해 본다

# 별의 속삭임

노나윤

어둠 속에 빛나는 별들,
그들의 속삭임은 점점 잊혀간다


별 아래 빛나는 우주 속,
숨결이 닿는 곳마다 조용히 노래한다


우주를 떠도는 그리움,
별들은 여전히 빛나고 있다


이 별들이 다시 세상 밖에 나올 수 있도록

# 스모그

김민주

해가 사라졌다
빛나는 해를 가린 새하얀 물감
천천히
천천히
도시를 물들이네

시간이 가면 갈수록
퍼져가는 물감

푸르른 하늘
빛나는 해
그다음은 누구일까

하얘진 세상을 다시 색칠하자
우리가 물들기 전에

# 식목일

박하은

수많은 아이를 땅에 심고
흙을 덮고 물을 주고

바람이 불고 햇살이 내리쬐고
비가 내리고 햇살이 내리쬐고

모두가 잊더라도
해가 지나고 돌아올 그날에는

잊혀진 땅에
삭막한 땅에

새로운 아이를 땅에 심고

# 나 하나라도

김현지

나는 선풍기를 틀었다
나는 에어컨을 틀었다
나 하나쯤이야

나는 북극곰이다
자꾸만 답답해진다
자꾸만 초조해진다
내가 밟을 이 땅이
자꾸만 없어지는 게

나는 부채를 부쳤다
나는 창문을 열었다
나 하나라도

# 내일은

나는 북극곰이야
빙하가 녹아서 부모님은 다 죽었지
옆 빙하 조각에서 죽었다는 말이 들려 더욱 신경
쓰여
내일은 또 어떻게 살아야 할까

나는 학생이야
에어컨을 트니 너무 추워서 이불을 덮고 있지
뉴스에서 북극곰 소식이 들리지만 신경 쓰지 않아
내일은 또 어떻게 놀아야 할까

나는 북극곰이야
빙하가 녹아서 이제 나도 바다에 있지
옆 빙하 조각에서 이제 내가 죽었다는 말이 들리
겠지
내일은 또 얼마나 많은 빙하가 녹을까

나는 학생이야

에어컨을 끄고 전력 소비를 줄이고 있지

뉴스에서 계속 들리는 지구 온난화 문제는 더 이상 남 일이 아니지

내일은 또 얼마나 많이 노력할 수 있을까

내일은 내 노력이 북극곰에게 닿을 수 있을까

# 쓰레기

정이지

요즘 따라 바다에 먹을 게 많다
다양한 색에 구멍이 뻥 뚫려있는 것
매끈하고 흐물거리는 것
투명하고 딱딱한데 구멍이 있는 것
오늘 저녁으로 가족에 가져다줘야지


요즘 따라 바다에 쓰레기가 많다
빨대
비닐봉지
페트병
지금 당장 내가 주워서 버려야지

# 지구를 위한 선택

정현경

한번 쓰고 버리는 물건
편리함이 쌓여 만들어진 섬

하나하나가
우리를 얼마나 편리하게 하는지
지구를 얼마나 더럽게 만드는지

계속해서 나오는
우리의 미래를 더 희미하게 만드는

편리함으로
더러워지는 지구
이제 우리가 청소해 줘야 할 시간

# 초록의 외침

내가 솟아나면
동물들은 집을 얻고
세상은 푸른 숨을 되찾아

인간들은 내 몸을 잘라
불을 피우고 집을 짓지

부탁할게
푸른 숲을 지켜줘
내 숨결이 멈추지 않게

# 환경오염

이채은

난 신선한 공기가 좋아
쾌쾌한 매연이 아니라

난 나무가 좋아
높디높은 건물이 아니라

난 원래대로의 모습을 기다리고 있어

# 하늘

누구보다 아름다워
신비로운 느낌을 드러내는
끝이 없는 하늘
위대한 하늘

얼마나 소중한지
사람들이 알면 좋겠네
아름다운 하늘

# 염

폭염으로 쨍쨍거리는 태양
건조해 계속 생겨나는 구내염
환경오염으로 수염도 나지 않는 흰수염고래

이대로면 큰일나염
이대로면 곧 폭발해버릴 것 같은 지구

멈춰줘염, 다 같이 노력해염

# 오염

쓰레기를 바닥에 버리지 말아 주세요
지구가 오염돼요

일회용품을 그만 써주세요
지구가 아파요

지구가 힘들어요

우리 모두 지구를 지켜요

## 에필로그

"교육청 주최 책 쓰기 프로젝트 공모에 우리 작품을 엮어서 냈는데 당선이 되었어. 우리가 쓴 생태시를 시집으로 엮어 출판할 거야."라는 말을 하자, 놀라면서도 다들 좋아하는 모습에 힘을 얻었습니다. 출판하기까지는 다듬어야 할 길이 멀다는 말을 덧붙이고 마음에 들지 않는 부분은 다 갈아엎자며 교정 작업에 들어갔습니다. "시 쓰기보다 시를 고치는 게 더 힘들어요. 도저히 못 고치겠어요."라는 말을 매 시간 듣기도 했지만, 쉬는 시간 종이 울려도 "저까지만 봐주세요"라며 피드백을 받으러 줄지어 나오는 아이들과 여러 편을 다시 썼다며 "새벽에 쓰면 잘 써져요."라고 말하던 모습에 '시작하길 잘했다.'는 생각이 들었습니다. 새벽에 썼다는 그 말이 지금 이 책을 마무리하기까지 가장 큰 힘이 되었습니다.

아울러 자진해서 출판 작업 도우미를 자원한 일곱 명의 친구들이 있었기에 가능했습니다. 무슨 일을 맡을지도 모르면서 앞다투어 자원한 그 친구들의 열정 덕분에 이 책을 엮을 수 있었습니다. 수업 때보다 더욱 적극적으로 참여한 1반 예원이와 정현이, 도서관에서만 보던 책들에 책 쓰기 프로젝트를 해보고 싶었던 3반 예원이와 샤론이, 제가 생각지 못한 것까지 섬세하고 깊이 있게 고민해 준 4반 수민이와 지원이, 혼자서 일당백을 한 5반 서현이까지… 소중한 경험을 우리 학생들과 함께 나눌 수 있어 더없이 감사하고, 어여쁜 이 아이들이 안전한 곳에서 아름답게 살아가기를 바랍니다.

지도교사 추미은

나무가 쓰러지는 소리는 너무나 작았다
———

2025년 1월 31일 초판1쇄 발행

엮은이 추미은  지은이 경명여자중학교 3학년 학생  펴낸이 김성민  편집디자인 김경자

펴낸곳 도서출판 브로콜리숲  출판등록 제2020-000004호
주소 41743 대구광역시 서구 북비산로 65길 36, 2층  전화 010-2505-6996  팩스 053-581-6997
홈페이지 www.broccoliwood.com  인스타그램 broccoliwood_  전자우편 gwangin@hanmail.net

ⓒ이송하 外 2025  ISBN 979-11-89847-60-9 43810